AF106427

www.ingramcontent.com/pod-product-compliance
Lightning Source LLC
LaVergne TN
LVHW010418070526
838199LV00064B/5335
9789358729306

ریشم کی ڈوری

(کہانیاں)

مصنف:

ابو طارق حجازی

© Taemeer Publications LLC

Resham ki Dori (Short Stories)
by: Abu Tariq Hijazi
Edition: January '2024
Publisher :
Taemeer Publications LLC (Michigan, USA / Hyderabad, India)

ISBN 978-93-5872-930-6
9 789358 729306

مصنف یاناشر کی پیشگی اجازت کے بغیر اس کتاب کا کوئی بھی حصہ کسی بھی شکل میں بشمول ویب سائٹ پر اَپ لوڈنگ کے لیے استعمال نہ کیا جائے۔ نیز اس کتاب پر کسی بھی قسم کے تنازع کو نمٹانے کا اختیار صرف حیدرآباد (تلنگانہ) کی عدلیہ کو ہو گا۔

© تعمیر پبلی کیشنز

کتاب	:	**ریشم کی ڈوری** (کہانیاں)
مرتبہ	:	**ابوطارق حجازی**
ترتیب و تدوین	:	اعجاز عبید
صنف	:	فکشن
ناشر	:	تعمیر پبلی کیشنز (حیدرآباد، انڈیا)
سالِ اشاعت	:	۲۰۲۴ء
صفحات	:	۴۲
سرورق ڈیزائن	:	تعمیر ویب ڈیزائن

فہرست

(۱)	اصلی شہد	6
(۲)	موت کا تختہ	8
(۳)	وقت ختم	11
(۴)	ایر کارگو	15
(۵)	دولت مند	18
(۶)	دوستی کی خاطر	20
(۷)	پارس پتھر	22
(۸)	حور کا بچہ	25
(۹)	ایمرجنسی لائٹ	27
(۱۰)	ریشم کی ڈوری	29
(۱۱)	نوری۔۔۔	31
(۱۲)	پروانے کی موت	33
(۱۳)	میاں فضلو کی نوکری	35
(۱۴)	چاند تارا	38
(۱۵)	ریاکاری کا انعام	41

(۱) اصلی شہد

فرید صاحب امریکہ کے دورے سے واپس لوٹے تو ان کے جسم میں جگہ جگہ گرمی دانے نکل آئے پھر پھنسیاں نکلیں اور بعد میں ایک پھوڑا بھی نکل آیا۔ محلہ میں ایک پرانے حکیم صاحب رہا کرتے تھے۔ جب ان کو دکھایا تو انھوں کہا کہ بیرونی ملک میں الٹی سیدھی غذا کھانے سے فساد خون کی بیماری پیدا ہو گئی ہے۔ ایک ماہ دوا کھائیں اس کے بعد اصلی شہد روزانہ صبح کو ایک چمچہ پی لیا کریں ان شاء اللہ ٹھیک ہو جائیں گے۔ فرید صاحب نے دوا لی اور ایک ماہ نہایت اہتمام سے استعمال کی۔ الحمد للہ ٹھیک ہو گئے لیکن کمزوری باقی رہی تب ان کو شہد کی ضرورت پیش آئی اپنے بیٹے انس کو انھوں نے شہد لانے کے لئے بازار بھیجا اور وہ دو سو روپیہ میں فرانس کی بنی ہوئی عمدہ شہد کی شیشی لے آئے جب انس میاں حکیم صاحب کو شہد دکھانے گئے تو انھوں نے پوچھا یہ شہد کہاں سے لیا انس نے بتایا کہ وہ بڑے بازار میں وہاں گئے جہاں بہت سی اعلیٰ قسم کی شہد کی دوکانیں تھیں بڑے بڑے شوکیس میں شہد کی شاندار بوتلیں رکھی تھیں دوکانیں برقی روشنی سے چمک رہی تھیں۔

کافی لوگ ان دوکانوں سے شہد خرید رہے تھے جن پر بڑے بڑے بورڈ "شفائے کامل" اور "علاج عاجل" کے لگے ہوئے تھے۔ حکیم صاحب یہ سن کر مسکرائے اور فرمایا کہ یہ شہد اسی دوکان پر واپس کر آؤ۔ دراصل آج کل اصلی شہد کی پہچان بہت مشکل ہے۔ لوگ بڑے بڑے بورڈ اور چمکتی ہوئی دوکانوں کے دھوکے میں آجاتے ہیں جو شہد مغرب سے آتا ہے اس میں معجون شباب آور قسم کی دوا ملی ہوتی ہے۔ جس کے استعمال سے

انسان کی جنسی ہوس بڑھ جاتی ہے اور وہ اس کو اچھا سمجھتا ہے۔ لیکن چند ہفتہ بعد اس میں دو گنی کمزوری پیدا ہو جاتی ہے۔ جو شہد مشرق سے آتا ہے اس میں نشہ آور دوا ملی ہوتی ہے۔ جس سے انسان پر نیند کا غلبہ ہو جاتا ہے۔ وہ سمجھتا ہے کہ فائدہ ہو رہا ہے۔ لیکن کمزوری اپنی جگہ باقی رہتی ہے۔

حکیم صاحب نے انس سے کہا اسی بازار کے آخر میں ایک پرانی دوکان ہے جس پر اسلم نام کا شخص بیٹھا ہے میں اس کے دادا سے شہد لیا کرتا تھا۔ تم وہاں جاؤ۔ انس نے چمک کر کہا میں نے وہ ٹوٹی پھوٹی دوکان دیکھی ہے اس پر لکھا ہے اصلی شہد جو فساد خون کو دور کرتا ہے۔ لیکن میں نے دیکھا جو آدمی دوکان پر بیٹھا ہے خود وہ فساد خون کا مریض ہے۔ اور اس کے بدن پر پھنسیاں نکلی ہوئی ہیں۔ میں نے اس سے پوچھا کہ جب تمہارا شہد خون صاف کرتا ہے تو تم خود کیوں استعمال نہیں کرتے۔ اس پر اس نے کوئی جواب نہیں دیا۔ حکیم صاحب نے کہا اس بد حالی اور بیماری سے اصلی شہد کے خواص پر کوئی اثر نہیں پڑتا۔ جو بھی اسے صحیح طور پر استعمال کرے گا فائدہ اٹھائے گا۔ تم اس کی بد حالی کو مت دیکھو اس کے لئے وہ خود ذمہ دار ہے۔ تم وہی اصلی شہد لے کر آؤ جس کے مقابلے کا پورے بازار میں کوئی دوسرا شہد نہیں ہے۔ تم کو اپنے علاج سے غرض ہے۔ اپنی صحت کی فکر کرو۔

میں نے جب یہ قصہ مولانا رشید الدین صاحب کو سنایا تو انھوں نے چمک کر کہا یہ تو ہمارے دین اسلام کی کہانی ہے لوگ اصلی شہد چھوڑ کر ملاوٹی شہد خریدتے ہیں اور دوکانوں کی چمک دمک پر چلے جاتے ہیں لیکن اصلی طالب پرانی دوکان پر ہی جاتے ہیں چاہے بیچنے والا خود استعمال نہ کرنے کی وجہ سے بیمار دکھائی دے۔ اس کی بد حالی اس کی بے عملی کا نتیجہ ہے اصلی شہد میں آج بھی شفا موجود ہے۔

(۲) موت کا تختہ

ایک بار شہر میں سالانہ کھیلوں کا مقابلہ ہو رہا تھا دور دور سے کھلاڑی اس مقابلے میں شرکت کے لئے آئے۔ جب پانچ کلو میٹر کی دوڑ کا دن آیا تو کئی درجن لوگوں نے اس میں شرکت کی، دوڑ قریب کے ایک گاؤں سے شروع ہو کر اسٹیڈیم پر ختم ہونی تھی راستہ میں ایک لکڑی کا پل بھی پڑتا تھا۔ سب تیاری کے بعد صبح سات بجے ریس شروع ہوئی، بائیس سال کا ایک خوبصورت نوجوان آگے نکل رہا تھا پل تک پہونچتے پہونچتے اس نے سارے دوسرے لوگوں کو پیچھے چھوڑ دیا اب پل پر وہ سب سے آگے جا رہا تھا اس کی نظر اسٹیڈیم کے جھنڈے پر تھی جو بس ایک کلو میٹر باقی رہ گیا تھا۔

لیکن یہ کیا اچانک پل کا ایک تختہ ٹوٹا اور وہ خوبصورت نوجوان نیچے گرتے ہی دریا کی موجوں میں غرق ہو گیا، لوگ دریا کی طرف دوڑ پڑے سارا کھیل خراب ہو گیا، غوطہ خوروں نے ایک گھنٹہ بعد اس کی لاش کنارے پر لا کر رکھ دی۔ لوگ رو رہے تھے سینہ پیٹ رہے تھے۔ ایک بوڑھے آدمی نے کہا اس کا وقت آگیا تھا اس کو کوئی آگے پیچھے نہیں کر سکتا۔ لوگوں کو اس واقعہ پر عجیب حیرت ہوئی۔

دراصل یہ دنیا ایک ریس کورس ہے اس میں جگہ جگہ پل ہیں جن میں بہت سے لکڑی کے تختے لگے ہوئے ہیں ہر شخص پیدا ہوتے ہی اس میدان میں دوڑنا شروع کر دیتا ہے۔ دور سے اس کو امیدوں کے جھنڈے نظر آنے لگتے ہیں وہ بچپن سے جوانی اور جوانی سے بڑھاپے میں داخل ہو جاتا ہے۔ سانس پھول جاتا ہے لیکن دوڑتا رہتا ہے۔

ایک بار شہر میں سالانہ کھیلوں کا مقابلہ ہو رہا تھا دور دور سے کھلاڑی اس مقابلے میں

شرکت کے لئے آئے۔ جب پانچ کلو میٹر کی دوڑ کا دن آیا تو کئی در جن لوگوں نے اس میں شرکت کی، دوڑ قریب کے ایک گاؤں سے شروع ہو کر اسٹیڈیم پر ختم ہونی تھی راستہ میں ایک لکڑی کا پل بھی پڑتا تھا۔ سب تیاری کے بعد صبح سات بجے ریس شروع ہوئی، بائیس سال کا ایک خوبصورت نوجوان آگے نکل رہا تھا پل تک پہونچتے پہونچتے اس نے سارے دوسرے لوگوں کو پیچھے چھوڑ دیا اب پل پر وہ سب سے آگے جا رہا تھا اس کی نظر اسٹیڈیم کے جھنڈے پر تھی جو بس ایک کلو میٹر باقی رہ گیا تھا۔

لیکن یہ کیا۔۔۔ اچانک پل کا ایک تختہ ٹوٹا اور وہ خوبصورت نوجوان نیچے گرتے ہی دریا کی موجوں میں غرق ہو گیا، لوگ دریا کی طرف دوڑ پڑے سارا کھیل خراب ہو گیا، غوطہ خوروں نے ایک گھنٹہ بعد اس کی لاش کنارے پر لا کر رکھ دی۔ لوگ رو رہے تھے سینہ پیٹ رہے تھے۔ ایک بوڑھے آدمی نے کہا اس کا وقت آگیا تھا اس کو کوئی آگے پیچھے نہیں کر سکتا۔ لوگوں کو اس واقعہ پر عجیب حیرت ہوئی۔

دراصل یہ دنیا ایک ریس کورس ہے اس میں جگہ جگہ پل ہیں جن میں بہت سے لکڑی کے تختے لگے ہوئے ہیں ہر شخص پیدا ہوتے ہی اس میدان میں دوڑنا شروع کر دیتا ہے۔ دور سے اس کو امیدوں کے جھنڈے نظر آنے لگتے ہیں وہ بچپن سے جوانی اور جوانی سے بڑھاپے میں داخل ہو جاتا ہے۔ سانس پھول جاتا ہے لیکن دوڑ تا رہتا ہے۔ دوڑتے دوڑتے کسی پل کا کوئی تختہ ٹوٹ جاتا ہے اور اچانک وہ اپنی قبر کے گڑھے میں گر جاتا ہے۔ لوگ روتے ہیں سینہ کوبی کرتے ہیں لیکن یہ حادثہ اچانک عمل میں نہیں آتا ہر شخص کی قبر پیدائش کے وقت ہی تیار کر کے چھپا دی جاتی ہے در اصل ہمارا پورا ریس کورس قبروں پر ہی بنا ہوا ہے۔ لوگ دوڑتے رہتے ہیں دوڑتے رہتے ہیں اور اپنی قبر تک پہونچ جاتے ہیں اچانک پل کا تختہ ٹوٹ جاتا ہے۔ تمناؤں کے جھنڈے دور چمکتے ہوئے رہ جاتے ہیں اور

لوگ دوسری دنیا میں پہونچ جاتے ہیں۔۔۔

قابلِ مبارکباد ہیں وہ لوگ جو حقیقت کو سمجھتے ہیں پھونک پھونک کر قدم رکھتے ہیں اپنے وقت کو قیمتی بناتے ہیں۔ کسی نے سچ کہا اگر تم صبح کر لو تو شام کی توقع مت کرو اور شام کر لو تو صبح کا اعتماد نہ کرو نہ جانے کون سا قدم قبر کے تختہ پر پڑ جائے۔

(۳) وقت ختم

یہ میڈیکل کالج میں داخلہ کا امتحان تھا بڑے ہال میں دور تک امیدواروں کی قطاریں پرچہ حل کرنے میں مصروف تھیں۔ عامر بھی بڑے انہماک سے سوالوں کا جواب لکھ رہا تھا کہ اچانک ہال میں ایگزامنر کی آواز گونج اٹھی 'Time over' (ٹائم ختم ہو گیا) Pen Down قلم گرادو چند سیکنڈ کے بعد دوسری آواز آئی 'کاپی چھین لو' وہ ہکا بکا رہ گیا ابھی اس کے دو سوال باقی تھے جن سے وہ مقابلہ میں کامیاب ہو سکتا تھا۔ ذرا سی دیر میں ایگزامنر اس کے سر پر آگیا اور زور سے کہا Pen down۔

اس نے نہایت لجاجت کے انداز میں کہا پانچ منٹ اور دے دیجئے بس پانچ منٹ۔ ایگزامنر نے سنی ان سنی کر دی اور کاپی اس کے ہاتھ سے چھین لی۔ عامر کی آنکھ سے دو آنسو ٹپکے اور اس نے کہا آہ میں ہار گیا۔

سنتے ہیں ایک بادشاہ نے قبر کا حال معلوم کرنے کے لئے اعلان کیا کہ جو شخص رات قبر میں گذار کر یہ بتائے کہ کیا حال ہوا اس کو ایک لاکھ روپیہ انعام ملے گا۔ ایک بخیل نے سوچا یہ تو لکھ پتی بن جانے کا سنہرا موقع ہے ایک رات میں کیا ہوتا ہے دیکھا جائے گا۔ بس وہ تیار ہو گیا اور لوگ جلوس کی شکل میں اس کو بادشاہ کے پاس لے جانے لگے۔ راستے میں ایک فقیر ملا اس نے بخیل کے آگے ہاتھ پھیلا دیا۔ بخیل نے کہا تجھے معلوم نہیں میں نے آج تک کسی کو بھیک نہیں دی۔ فقیر نے کہا کچھ بھی دیدے صدقہ تیرے کام آئیگا۔ بخیل نے اِدھر اُدھر دیکھا زمین پر ایک بادام کا چھلکا پڑا تھا اس نے وہی اٹھا کر فقیر کے ہاتھ پر

رکھ دیا۔ تھوڑی دیر میں جلوس بادشاہ کے پاس پہونچا اور بادشاہ نے دوسرے دن خود قبرستان جاکر بخیل کو دفن کرادیا۔

بخیل نے قبر میں لیٹ کر اپنے ماحول کا جائزہ لیا اور ایک لاکھ روپیہ پانے کی خوشی میں جلدی ہی سو گیا تھوڑی دیر میں پھوں پھوں کی آواز سے اس کی آنکھ کھل گئی۔ کیا دیکھتا ہے کہ ایک نہایت خوفناک کالا ناگ اس کے سامنے کھڑا ہے۔ وہ خوف سے کانپنے لگا۔ اس نے زور زور سے چیخنا شروع کیا لیکن افسوس اس کی آواز سننے والا وہاں کوئی نہ تھا۔ کالے ناگ کی لال لال آنکھیں اس پر گڑی ہوئی تھیں وہ زور سے چیخا ارے ہے کوئی جو مجھے اس ناگ سے بچائے۔ اتنے میں ناگ نے آگے بڑھ کر زور سے اس سینے پر پھن مارا۔۔ اس نے خوف سے کانپتے ہوئے اپنی آنکھیں زور سے بند کرلیں لیکن یہ کیا۔ وہ اس کو کاٹ نہیں سکا اس نے آنکھیں کھول دیں دیکھا کہ ایک بادام کا چھلکا ناگ کے پھن کو روک رہا ہے ناگ پیچھے ہٹا اور گھوم کر داہنی طرف ڈسنے کے لئے آیا اچانک وہ بادام کا چھلکا کود کر داہنی طرف آگیا اور سانپ کے پھن کو روک دیا۔ رات بھر یہی سلسلہ جاری رہا ناگ کود کود کر ہر طرف ڈسنے کے لئے آتا اور بادام کا چھلکا اس کو روک دیتا تھا۔ صبح ہوتے ہوتے بخیل کا سارا جسم گھل گیا وہ صرف ہڈیوں کا ڈھانچہ رہ گیا، چہرہ زرد ہو گیا، حلق خشک ہو کر آواز بند ہوگئی۔

دوسرے دن لوگوں نے قبر کھولی بڑی مشکل سے کھینچ کر اس کو باہر نکالا وہ ایک زندہ لاش تھا وہ کسی سے نہیں بولا اشارہ سے گھر جانے کو کہا وہاں جاکر اپنی ساری دولت اور مال ومتاع جو برسوں میں جمع کیا تھا سب ایک دن میں اللہ کی راہ میں لٹا دیا۔

یہ واقعہ جب ایک دولتمند تاجر نے سنا جو عرصہ سے بیمار چلے آرہے تھے تو انھوں اپنی چیک بک نکال کر ایک یتیم خانہ کے نام ایک لاکھ روپیہ کا چیک لکھ دیا۔ لیکن ابھی وہ

دستخط کر ہی رہے تھے کہ آواز آئی "ٹائم اوور" ان کا ہاتھ کانپنے لگا اور پیچھے گر کر ان کا انتقال ہو گیا۔ بنک نے آدھے دستخط کا چیک قبول کرنے سے انکار کر دیا۔

سنتے ہیں چین اور جاپان میں جب کوئی بڑا کام دو سال بعد بھی کرنا ہو تو ایک بڑا الیکٹرانک Count Down کلاک دو سال کے منٹ کا لگا دیتے ہیں ہر ایک منٹ کے بعد وہ ایک منٹ کم کر دیتا ہے۔ سب کو معلوم ہو جاتا ہے کہ اب اس کام کے کرنے میں مثلاً 1,051,000 منٹ رہ گئے ہیں۔ ہر لمحہ ایک ایک منٹ کم ہو کر اخیر میں دو سال بعد وہ کلاک زیرو پر آ جاتا ہے اور وہ کام پورا ہو جاتا ہے۔

در اصل ہر انسان کے پیدا ہوتے ہی اس کی عمر کا کلاک بھی کام کرنا شروع کر دیتا ہے۔ اور اس کی عمر کی مدت اس پر نصب کر دی جاتی ہے۔ ہر لمحہ اس میں ایک ایک منٹ کم ہوتا رہتا ہے۔ اور وقت پورا ہونے پر وہ شخص اپنا سفر پورا کر لیتا ہے۔ قدرت کی گھڑی سانسوں کی مقدار پر چلتی ہے۔ جس طرح گھڑی کا پنڈولم دائیں بائیں طرف جاتا ہے اسی طرح سانس انسان کے سینے کے اندر باہر آتا جاتا رہتا ہے۔ جس وقت یہ سانس پورے ہو جاتے ہیں گھڑی بند ہو جاتی ہے۔ ہر شخص اپنے وقت کو پورا کرتا ہے۔ کوئی چار سال میں چلا جاتا ہے کوئی چو بیس میں اور کوئی چوراسی میں۔ لیکن جس وقت سانس پورے ہو جاتے ہیں اس میں کوئی ایک سانس کا بھی اضافہ نہیں کر سکتا۔ ٹائم اوور کا بورڈ اس کے سامنے لٹکا دیا جاتا ہے۔

ہمارے خالق کا ہم پر احسان ہے کہ اس نے ہماری عمر کو ہم سے چھپا رکھا ہے۔ اس میں یہ راز پوشیدہ ہے کہ ہم کو ہر وقت واپس جانے کے لئے تیار رہنا چاہئے اور اپنے اعمال کا محاسبہ کرتے رہنا چاہئے کہ اگر وہاں آج ہی چلے گئے تو کیا حساب دیں گے۔ دوسرے یہ کہ اگر انسان کو یہ معلوم ہو جائے کہ وہ دو سال بعد مر جائے گا تو وہ دو سال پہلے ہی مر جائے گا

یعنی مرنے کے غم میں بستر مرگ پر پڑ جائے گا۔ اسی لئے یہ کہا گیا ہے کہ اگر صبح کر لو تو شام کا انتظار مت کرو اور اگر شام کر لو تو صبح پر اعتماد مت کرو۔

ایک مسلمان رات کو سوتے وقت اللہ تعالیٰ سے یہ دعا کرتا رہے کہ اے میرے رب میں نے اپنی کمر زمین پر (مثل قبر) رکھ دی اگر تو نے اسی رات میں مجھے بلا لیا تو میرے گناہوں کو بخش دے اور اگر میں صبح کو زندہ اٹھا اور تو نے ایک دن کی زندگی اور عطا فرما دی تو اس کی حفاظت فرما اور نیک اعمال کرنے کی توفیق عطا فرما۔ بھلا اس سے بھی عمدہ کوئی دعا ہو سکتی ہے اور یہ ایک نیک مسلمان کی روز کی دعا ہے۔ ہم کو بھی۔ ٹائم اوور کی آواز آنے سے پہلے اچھے نمبر کما لینے چاہئیں تاکہ امتحان میں پاس ہو جائیں۔

(۴) ایر کارگو

سعید اور فرید ایک دونوں ایک ہی ضلع کے رہنے والے تھے دونوں کو ایک ساتھ امارات میں آنے کا موقع ملا۔ اور دونوں نے الگ الگ اپنی بزنس جمالی۔ اپنے ملک سے سستا مال منگا منگا کر اچھے داموں میں فروخت کیا۔ نتیجہ یہ نکلا کہ دس سال کی مختصر سی مدت میں دونوں لکھ پتی بن گئے۔ فرید نے شارجہ میں عمدہ فیلا بنالیا امریکن کار خرید لی اور اعلیٰ قسم کے فرنیچر سے اپنے گھر آراستہ کر لیا۔ وہ نہایت ٹھاٹ کی زندگی بسر کر رہا تھا کہ پچھلے مہینے اچانک وہاں کی حکومت نے دونوں کا خروج نہائی لگا دیا

فرید کے تو وہم و گمان میں بھی نہ تھا کہ ایک دن اس عیش و عشرت کی زندگی کو اچانک چھوڑ کر جانا پڑے گا۔ اس نے یہاں رہ کر جتنی دولت کمائی تھی وہ سب یہیں پر خرچ کر ڈالی تھی۔ اس اچانک تبدیلی پر اس نے اپنا فیلا فروخت کرنا چاہا لیکن کوئی آدھی قیمت دینے پر بھی تیار نہ ہوا۔ اسے بہت صدمہ ہوا یہی حال اس کی دونوں امریکن کاروں کا ہوا۔ تب اس نے فیصلہ کیا کہ وہ اپنا سارا سامان اپنے ساتھ اپنے ملک لے جائے۔ اس نے ایک سامان پیک کرنے والی کمپنی کو بلا کر چار کنٹینر سامان سے بھروادئے۔ جس میں بیڈ روم سیٹ، ڈرائنگ سیٹ، چار عمدہ صوفے، اے سی، ڈش، بڑا ٹی وی وی سی آر، عمدہ قسم کے پردے، دفتر کی میز کرسیاں اور دونوں کاریں شامل تھیں۔

اسی درمیان اس کو خیال آیا کہ جس گاؤں میں وہ رہتا تھا اس میں بجلی نہیں ہے۔ اس لئے اس نے بقیہ رقم سے اپنے ٹی وی کے لئے ایک بڑا سا جنزیٹر بھی خرید ڈالا۔ یہ سب

کرنے کے بعد جب اس نے کارگو کمپنی کو بلا کر اپنے گاؤں تک سامان پہونچانے کے لئے کہا تو اس نے چالیس ہزار ریال کا تخمینہ دیا۔ یہ سن کر فرید کے ہوش اڑ گئے۔ اس کے پاس نقد رقم بہت کم تھی کوئی دوسرا شخص جاتے ہوئے مسافر کو ادھار دینے پر بھی تیار نہیں تھا۔ فرید سر پکڑ کر بیٹھ گیا۔ اس کی سمجھ میں نہیں آرہا تھا کہ کیا کرے۔ حکومت کی طرف سے اس کے پاس صرف تین دن رہ گئے تھے جس میں اس کو ملک چھوڑ دینا تھا۔ جب سامان لے جانے کا کوئی انتظام نہ ہو سکا تو اس نے سارا سامان اپنے ایک دوست کے پاس چھوڑ دیا اور روتا ہوا ایر پورٹ کی طرف روانہ ہو گیا۔ ہر شخص یہی کہہ رہا تھا کہ اس قدر بے کار چیزوں کے جمع کرنے میں کیا عقلمندی تھی دراصل اسے بھی اپنی کم عقلی پر غصہ آ رہا تھا لیکن اب سوائے افسوس کے اور کیا ہو سکتا تھا۔

ایر پورٹ پر اس کی ملاقات اپنے پرانے دوست سعید سے ہوئی جو اس کے ساتھ ہی آیا تھا اور اس کے ساتھ ہی جا رہا تھا اسے سعید کو دیکھ کر نہایت حیرت ہوئی سعید بہت خوش تھا اس کے ہاتھ میں ایک چھوٹا سا بریف کیس تھا جس میں کچھ ضروری کاغذات رکھے ہوئے تھے۔۔ فرید نے سعید سے پوچھا تمہارا سامان کہاں ہے سعید نے جواب دیا کیسا سامان۔ وہ میں نے پہلے ہی سے ایر کارگو کرا دیا۔ میرے ہاتھ میں سوائے اس بریف کیس کے اور کچھ نہیں ہے۔ نہایت ہلکا پھلکا سفر ہو گا۔ فرید نے پوچھا تم نے اپنے مکان کا کیا؟ سعید نے کہا کون سا مکان؟ میں تو کرایے پر رہتا تھا مجھے معلوم تھا کہ یہاں کا قیام عارضی ہے اور ایک دن مجھے یہاں سے Final Exit پر جانا ہے۔ جس میں واپسی کا امکان بھی نہیں دراصل میرا گھر تو میرا وطن ہے۔ اصلی وطن آخرت کا گھر میں نے وہاں کئی بڑے بڑے باغات لگائے ہیں ایک عمدہ کوٹھی خریدی۔ اس کو عمدہ سامان سے سجایا ہے۔ گو میں نے خود جا کر یہ سب کچھ نہیں دیکھا ہے لیکن میرے والد نے نصیحت کی تھی اور سب

تفصیل فون پر بتائی تھی۔ مجھے اپنے والد پر پورا اعتماد ہے۔

فرید نے یہ سب سن کر ایک ٹھنڈی آہ بھری اور کہا کاش میں نے بھی اپنے لئے وہاں ایک چھوٹا سا گھر بنالیا ہوتا۔ جہاں جا کر مدت دراز تک رہنا ہے۔ فرید نے کہا سعید تم نے میری آنکھیں کھول دیں۔ میں نے جو کچھ کمایا وہ سب یہیں لگا دیا۔ اور سب کچھ چھوڑ کر خالی ہاتھ جا رہا ہوں۔ ہائے میں لٹ گیا۔ ہائے میں برباد ہو گیا۔ اب کوئی دوسرا موقع بھی سامنے نہیں۔ امارات کا قیام ختم ہو گیا۔ جوانی کے دن بھی ڈھل گئے۔ یہ سارا سامان جو کل تک مجھے نہایت عزیز تھا آج میری نظر میں ایک کباڑ سے زیادہ نہیں۔ آہ میں نے اپنی ساری صلاحیتیں فضول چیزوں کے کمانے میں صرف کر دیں۔

کاش میں نے بھی اپنے وطن آخرت کے بنکوں میں دولت جمع کی ہوتی۔ کاش میں نے بھی باغات لگائے ہوتے۔ جن کے پھلوں سے میں لطف اندوز ہوتا۔ کاش میں نے تھوڑا تھوڑا سامان ایر کارگو سے اپنے مکان کو سجانے کے لئے بھیج دیا ہوتا۔ اور آج میں بھی سعید کی طرح خوش و خرم مسکراتا ہوا ہلکا پھلکا آخری سفر پر روانہ ہو جاتا۔ سعید نے فرید کو دلاسا دیتے ہوئے کہا میرے دوست زیادہ رنج نہ کرو۔ اب بھی وقت ہے کچھ آخرت کے بنک میں جمع کرا لو۔ کچھ اچھے اعمال ایر کارگو کر کے آگے بھیج دو ہمیشہ عیش کرو گے۔

(۵) دولت مند

رات کے دس بجے کا وقت تھا سیٹھ نواز علی سمرو آیل ملوں کے مالک اپنے دفتر میں اکیلے بیٹھے تھے کہ ایک ادھیڑ عمر کا شخص ان کے کمرے میں داخل ہوا اس نے اندر داخل ہوتے ہی سلام کر کے کہا سیٹھ صاحب مجھے ایک ہزار روپے کی سخت ضرورت ہے آپ دے دیں تو مہربانی ہو گی۔۔ سیٹھ صاحب نے اپنی موٹی موٹی چشمہ لگی آنکھوں سے نووارد کو گھور کر دیکھا ان کو اس کے چہرے پر عجیب سی بشاشت نظر آئی۔۔ انہوں نے کہا بیٹھ جاؤ اور جو میں پوچھتا جاؤں بتاتے جاؤ۔۔ نووارد سنبھل کر بیٹھ گیا۔۔

سوال۔۔۔ تم نے نمک کھانا کب چھوڑا

جواب۔۔ ابھی دوپہر جو کھچڑی کھائی تھی اس کے بعد کچھ نہیں کھایا۔

س۔۔ شکر کتنے سال سے نہیں چکھی۔

ج۔۔ الحمدللہ آج صبح چائے میں دو چمچے ڈالی تھی۔۔

س۔ تم نے اپنا گردہ کتنے میں بدلوایا۔

ج۔ بچوں کی اماں نے پچھلے جمعے کو گردے کلیجی پکائے تھے بس وہی کھائے تھے۔۔

س۔ تمہاری آنکھ کا آپریشن کب ہوا

ج۔ میرا تو نہیں میری دادی کی آنکھ کا آپریشن پچھلے سال ہوا تھا اب ٹھیک ہے۔

س۔ تمہارے لڑکے کینیڈا کی کونسی یونیورسٹی میں پڑھتے ہیں۔

ج۔ میرا لڑکا احمد محلے کی مسجد میں حفظ کر رہا ہے۔

س۔ تمہاری لڑکی نے کس امریکن سے شادی کی۔

ج۔۔ میری بچی صائمہ کا رشتہ حافظ محمد صدیق سے آیا ہے۔۔

س۔ تمہاری بیوی پچھلے سال سے سوئزرلینڈ کے کس ہوٹل میں رہتی ہے۔۔

ج۔ جی ہم دونوں گلی سمرو کے کچے مکان میں رہتے ہیں۔

س۔ تم کو پچھلے سال کتنا نقصان ہوا۔

ج۔ جی پچھلی برسات میں ہماری چھت گر گئی تھی اب ہم نے ۵۰۰ روپے میں کھپریل ڈلوالی ہے

اس جواب پر سیٹھ صاحب جھلا گئے کھڑے ہو کر چلا کر کہا یہ دیکھو اس سال مجھے ایک مل سے دو سو ملیون کا نقصان ہوا۔۔۔ اس پر نووارد گھبرا گیا۔۔۔ لیکن دوسرے لمحے ہی سیٹھ صاحب نے دوسری رپورٹ اٹھاتے ہوئے کہا۔۔ لیکن دوسرے مل سے تین سو ملیون کا فائدہ ہوا۔

سیٹھ صاحب نے نو وارد سے پوچھا۔۔ تمہارا نام کیا ہے؟ اس نے جواب دیا۔۔۔ ثروت حسین۔۔

سیٹھ صاحب یہ سن کر چلائے۔۔ واقعی تم صاحب ثروت ہو میں تو فقیر ہوں فقیر۔۔ یہ کہتے ہوئے انہوں نے دس ہزار کے نوٹ ثروت حسین کی طرف ڈال دئے۔ ثروت حسین نے ان میں سے ایک ہزار روپے لے لئے اور باقی نو ہزار میز پر رکھتے ہوئے کہا۔۔ میں نے آپ سے ایک ہزار روپوں کے لئے کہا تھا اس سے زیادہ نہیں لوں گا۔۔۔ ثروت حسین سلام کرتا ہوا کمرے سے نکل گیا۔۔۔

سیٹھ صاحب سنبھل کر بولے: ثروت واقعی دولتمند تم ہو کاش میں اپنی ساری پراپرٹی سے تمہاری دولت خرید سکتا۔

(۶) دوستی کی خاطر

یہ جب کی بات ہے جب شیر خان نے لالہ بنسی دھر سے پانچ سو روپے ادھار لیے تھے اس وقت اس کا دوست جیون بھی اس کے پاس بیٹھا ہوا تھا لالہ نے یہ روپے چھ ماہ کی مدت پر دئے تھے۔۔ لیکن جب یہ مدّت گزر گئی۔ تو شیر خان نے دو ماہ کی مدّت طلب کی جو لالہ نے دے دی مگر دو کیا جب چار ماہ گزر گئے اور لالہ بنسی دھر روپیہ مانگنے گیا تو شیر کہن نے روپیہ دینے سے انکار کر دیا اور ساتھ میں یہ بھی کہ دیا کہ تم جھوٹ بولتے ہو میں نے تم سے کوئی روپیہ نہیں لیا۔۔ جاؤ رپٹ لکھا دو تھانے میں۔۔۔

بس اب تو بات ہی الٹ گی شیر خان نے نہ صرف یہ کہ ایک سال گزر جانے پر روپے نہیں دیے بلکہ روپے لینے سے ہی انکار کر دیا۔ لالہ بنسی دھر کو بڑی حیرت ہوئی اس کو یاد آیا کہ روپیہ دیتے وقت جیون بھی وہاں بیٹھا تھا جیون بڑا سچا پکا اور نمازی آدمی تھا اسی لئے لوگ اس کو ملا جیون کہتے تھے۔ لالہ بنسی دھر نے عدالت میں درخواست لگا دی اور یہ بھی لکھ دیا کہ ملا جیون سے اس کی تصدق کر لی جائے۔

ہوا شیر خان کو جب یہ پتہ چلا تو وہ بہت پریشان ہوا۔ لیکن اس کو یہ اطمینان ہوا کہ معاملہ ملا جیون کے ہاتھ میں ہے اور ملا جیون اس کا پکّہ دوست ہے وہ فوراً ملا جیون کے پاس گیا اور سارا معاملہ اس کو سنا دیا اور یہ کہا یہ میری عزت کا سوال ہے میں تم کو اپنی دوستی کا واسطہ دیتا ہوں۔۔ ملا جیون بہت پریشانی میں پھنس گیا کچھ دیر بعد اس نے سوچ کر کہا۔۔ شیر خان اگر کسی آدمی کے دو دوست ہوں ایک نیا دوست۔۔ ایک پرانا۔۔ تو اس کو

کس کا ساتھ دینا چاہیے۔۔ شیر خان نے چمک کر کہا۔۔ پرانے کا۔۔۔ میں تو تمہارا پرانا دوست ہوں۔۔ شیر خان مطمئن ہو کر چلا گیا۔

چند ہفتہ بعد عدالت میں پیشی ہوئی۔۔ بنسی دھر نے اپنا معاملہ پیش کیا جج صاحب نے بہ حیثیت گواہ ملا جیون کو طلب کیا۔ شیر خان بہت خوش تھا اس کی دوستی کام آ رہی تھی۔۔ ملا جیون آیا اور بیان دیا۔۔ لالہ بنسی دھر سچ کہتا ہے اس نے شیر خان کو پانچ سو روپے میرے سامنے دئے تھے۔۔ شیر خان جھوٹ بولتا ہے۔ عدالت نے مقدمہ خارج کر دیا اور شیر خان کو دو ہفتہ کے اندر ادائیگی کا حکم دے دیا۔

شیر خان شیر کی طرح بپھرا ہوا ملا جیون کے پاس آیا اور کہا تم دھوکے باز ہو تم نے مجھے دھوکا دیا ملا جیون نے نرمی سے کہا ناراض مت ہو۔۔ میں نے یہ کام تمہارے مشورہ سے کیا۔ میرا مشورہ۔۔۔ کیا خاک مشورہ۔۔۔ ملا جیون نے کہا تم کو یاد نہیں میں نے تم سے کہا تھا کہ اگر کسی آدمی کے دو دوست ہوں ایک نیا ایک پرانا۔۔ تو اس کو کس کا کہنا ماننا چاہیے۔۔ تم نے جواب دیا پرانے کا۔۔ بس پھر میں نے تمہارے مشورہ پر عمل۔۔ اور پرانے دوست کا کہنا مانا۔۔۔۔ کون ہے تمہارا پرانا دوست۔۔ شیر خان۔۔۔۔ نے چمک کر کہا

میرا پرانا دوست اللہ ہے۔۔ ملا جیون نے کہا۔ جس سے میری پچاس سال پرانی دوستی ہے روز میں اس کے پاس وقت گزارتا ہوں اس کی باتیں سنتا ہوں اپنی باتیں سناتا ہوں۔۔ اس نے کہا دیکھو جھوٹ کبھی نہیں بولنا۔۔ بس میں نے یہ کام اس کی دوستی کی خاطر کیا۔۔۔ رہا تمہارے قرضہ کا سوال تو کل میں نے اپنا مکان رہن رکھ کر لالہ بنسی دھر کو پانچ سو روپے دے دیے ہیں اب وہ تمہارے پاس قرض مانگنے نہیں آئے گا۔

(۷) پارس پتھر

اس کا نام عمر تھا قسمت کا دھنی تھا جو چیز وہ ہاتھ میں لیتا تھا وہ چمک اٹھتی تھی کہتے ہیں اگر وہ مٹی اٹھاتا تھا وہ اس کے ہاتھ میں آکر سونا بن جاتی تھی اس کو اپنے باپ سے ورثے میں دس ملین ریال ملے تھے اس سے اس نے ایک فیکٹری خریدی جو پانچ سال میں ہی دوگنی ہوگی پھر اس کی آمدنی سے اس نے شیر (حصص) خریدے جو دس گنے ہو گئے بس پھر کیا تھا ہر طرف دولت ہی دولت تھی وہ حیران تھا کہ اتنی دولت کا کیا کرے اس نے سویزرلینڈ کے ایک ہوٹل میں بڑا حصّہ خرید لیا چند سال بعد مالکان نے پورا ہوٹل اس کے ہاتھ بیچ دیا جس کو اس نے بڑھا کر دوگنا کر دیا۔

ایک دن وہ بیٹھا ہوا اپنے کاروبار کی سالانہ رپورٹ دیکھ رہا تھا جس کی مالیت اب سو ملیون سے زیادہ تھی ہر ماہ کئی ملیون کا اس میں اضافہ ہو جاتا تھا۔ اس کی سمجھ میں نہیں آرہا تھا کہ اس قدر دولت کا کیا کرے۔ اچانک ایک بوڑھے سے مولوی صاحب ہاتھ میں تھیلا اٹھائے ہانپتے کانپتے اس کے کمرے میں داخل ہوے اور سلام علیکم کہ کر صوفے پر بیٹھ گئے۔ پہلے انہوں نے پسینہ خشک کیا سانس درست کیا پھر فرمایا۔ ہمارے یتیم خانے میں پچاس بچے رہتے ہیں اس ماہ کے بعد ان کے لئے راشن کا کوئی انتظام نہیں۔ کم از کم دن میں ایک وقت دال روٹی دینے کے لئے ایک ہزار روپے کی ضرورت ہے۔ آپ سے جو تعاون ہوسکے وہ فرما دیں۔

عمر مبہوت بنا ہوا ان کی بات سنتا رہا۔ پھر پوچھا یہ یتیم خانہ کیا ہوتا ہے۔ مولوی

صاحب نے جواب دیا یہ وہ گھر ہے جہاں ایسے معصوم بچے رہتے ہیں جن کے ماں باپ وفات پا چکے ہیں اب ان کی پرورش کی ذمہ داری پوری قوم پر عاید ہوتی ہے۔ عمر نے انجان بن کر پوچھا اگر مزید روپے کا انتظام نہ ہو سکا تو کیا ہو گا۔۔ مولوی صاحب نے آہستہ سے کہا۔ پانی پی کر بچے بھوکے سو جائیں گے۔

عمر کے منہ سے ایک دم چیخ نکل گئی۔۔ بچے بھوکے سو جائیں گے اور میری دولت کے انبار یوں ہی بڑھتے رہیں گے وہ رونے لگا اس کی آنکھوں سے بہتے ہوئے آنسو اس چیک بک پر گرے جو اس کے ہاتھ میں تھی۔

اس نے نہایت رازدارانہ انداز میں مولوی صاحب سے کہا میں آپ سے کچھ مشورہ کرنا چاہتا ہوں لیکن یہ بات آپ اپنے تک ہی رکھے گا۔ میرے پاس اچھی خاصی دولت ہے جو میں نے اپنی محنت اور عقلمندی سے کمائی ہے۔ میں اس کے بارے میں آپ کی رائے لیتا ہوں۔ مولوی صاحب نے آہستہ سے پوچھا۔ کتنی دولت ہے عمر نے جواب دیا یہی کوئی دو سو ملین۔۔ مولوی صاحب نے پھر آہستہ سے کہا پہلے تو آپ پانچ ملیون اس پر زکات دیجئے۔۔ عمر نے چونک کر کہا۔ پانچ ملیون ؟ مولوی صاحب نے کہا یہ تو اللہ کا حق ہے عمر نے کہا اچھا یہ میں ضرور دوں گا۔۔ پھر مولوی صاحب نے پوچھا آپ نے اپنے لئے کوئی گھر بنایا۔۔ عمر نے جواب دیا کوئی ایک گھر۔۔۔ میں نے پوری کالونی بنائی ہے۔۔

مولوی صاحب نے کہا یہاں نہیں۔۔۔ جنت میں۔۔ عمر نے جواب دیا اس کے بارے میں تو میں نے کبھی سوچا بھی نہیں۔ مولوی صاحب نے کہا اللہ کے حبیب صلی اللہ علیہ وسلم نے فرمایا جس نے دنیا میں مسجد بنائی اللہ تعالیٰ اس کے لئے جنت میں گھر بنائے گا۔۔ اسی طرح آپ صلی اللہ علیہ وسلم نے فرمایا جس نے کسی یتیم کی کفالت کی وہ اور میں جنت میں ایک ساتھ ہوں گے۔۔ اس سے بڑھ کر اور کیا خوش قسمتی ہو سکتی ہے کہ حضور

کے ساتھ جنت میں رہنے کا موقع مل جائے۔۔ یہ سب سن کر عمر رونے لگا اس نے کہا مولوی صاحب آپ نے میری آنکھیں کھول دین۔ دولت نے مجھے اندھا کر دیا تھا آپ کے یتیم خانے کی میں کفالت لیتا ہوں کل معائنہ کرنے آؤں گا اور ایک مسجد کا نقشہ بھی بنوا لینا۔۔ مولوی صاحب نے کہا تم تو پارس ہو۔۔۔ عمر نے جواب دیا میں نہیں۔۔۔ پارس تو آپ ہیں۔۔۔ جن کے ایک ہی مس نے پتھر کو سونا بنا دیا۔

(۸) حور کا بچہ

ایک ٹیلیفون: خالہ جان سنا ہے آپ نے اپنے بیٹے کے لئے کوئی لڑکی دیکھی ہے
جواب: ہاں بیٹی۔۔ اللہ تمہارا بھلا کرے ایک لڑکی دیکھی ہے۔۔ بڑی پیاری لڑکی ہے۔۔ تیکھے نقوش۔۔ گول چہرہ چاند جیسا۔۔ بڑی بڑی آنکھیں۔۔ جیسے گلاب کے کٹورے۔۔ اونچی پیشانی۔۔ لمبی گردن مور جیسی۔۔ خاندان اونچا۔۔ زبان اس قدر شیریں کہ بات کرتی ہے تو منہ سے پھول جھڑتے ہیں۔۔ بیٹی لڑکی کیا ہے حور کا بچہ ہے۔۔ میں تو جلد از جلد اس کو بیاہ کر لاؤں گی۔۔ کہیں یہ موتی ہاتھ سے نہ نکل جائے۔۔۔۔۔

ایک ماہ بعد دوسرا فون: خالہ جان مبارک ہو ماشاء اللہ آپ کے گھر میں چاند اتر آیا۔۔ اب تو ہر طرف نور ہی نور ہو گا۔۔

جواب: ہاں بیٹی شادی تو خیر سے ہو گئی۔۔ دلہن بھی گھر آ گئی۔۔ اچھی ہے لیکن۔۔۔۔ اچھا خیر میں بعد میں بات کروں گی اس وقت ذرا مصروف ہوں۔۔

ایک ماہ بعد تیسرا فون: ہاں خالہ جان آپ تو ملتی ہی نہیں ہیں۔۔۔ کیا ہر وقت دلہن سے باتیں کرتی رہتی ہیں۔

جواب: کون دلہن۔۔۔۔ کیسی دلہن۔۔ وہ تو میری ساس ہے۔۔ دن بھر پلنگ توڑتی رہتی ہے۔۔ میرے اوپر حکم چلاتی ہے۔۔ جس دن سے گھر میں قدم رکھا ہے میرا بیٹا میرے ہاتھ سے چھن گیا۔۔ اللہ ایسے منحوس قدم کسی کو نہ بنائے۔۔ بات کرتی ہے تو

منہ سے آگ اگلتی ہے۔۔۔رنگت چٹی ضرور ہے لیکن چہرے پر ذرا کشش نہیں۔۔دن بھر چہرے کی لیپا پوتی کرتی رہتی ہے پھر بھی وہی چڑیل کی چڑیل۔۔۔تم مجھ سے کبھی اس کے بارے میں بات نہ کرنا۔۔میں اس کا نام بھی نہیں سننا چاہتی۔۔کل موہی کہیں کی۔۔خدا ایسی بہو کسی کو نہ دے۔۔۔۔۔۔ٹیلیفون بند۔۔۔۔۔۔۔

خالہ جان۔۔۔خالہ جان۔۔۔۔۔فون بند کرنے سے پہلے۔۔۔۔بس میری ایک بات سن لیجئے۔۔۔اگر آپ کی بیٹی سارہ جس کی شادی ابھی چھ ماہ پہلے ہوئی ہے۔۔۔اس کے بارے میں کوئی ایسا ہی کہے تو آپ کو کیسا لگے گا۔۔۔

جواب: اللہ میری توبہ۔۔ایسا تو میں نے کبھی سوچا ہی نہیں۔

(۹) ایمرجنسی لائٹ

یہ پچھلے جمعہ کی بات ہے کہ میں رات کے آٹھ بجے اپنے دفتر کی آٹھویں منزل پر بیٹھا ہوا تھا کہ اچانک بجلی چلی گئی سارا علاقہ اندھیرے میں ڈوب گیا عجیب بھیانک منظر تھا دور دور تک کہیں روشنی کا نام نہیں تھا کمرے کا ایر کنڈیشن بھی بند ہو گیا ذرا سی دیر میں سارا جسم پسینے سے شرابور ہو گیا۔ شیشے کی عمارت میں بڑھتی ہی گرمی سے سانس پھولنا شروع ہو گیا میں جلدی سے باہر نکلنے کے لئے اٹھا لیکن اٹھتے ہی دروازے سے ٹکرا گیا مجھے ابھی تک یہ علم بھی نہیں تھا کہ کرسی سے دروازے تک کتنے قدم کا فاصلہ ہے۔ خیر کسی طرح لفٹ تک پہونچا لیکن آہ۔۔۔ وہ لفٹ بھی بند پڑی تھی اور اس میں سے ان لوگوں کے چیخنے کی آوازیں آرہی تھیں جو لفٹ میں پھنس گے تھے۔۔ کئی جگہ ٹھوکریں کھا کر زینے تک پہونچا اور دیوار کے سہارے ٹٹول ٹٹول کر نیچے اترنا شروع کیا۔۔ کئی جگہ ٹھوکر کھائی کئی مرتبہ گر پڑا۔۔ آٹھ منزل کی سیڑھیاں ایک مصیبت بن گئیں۔۔۔

خدا خدا کر کے کسی طرح اپنی کار تک پہنچا اور اس کا دروازہ کھولتے ہی شہر میں بجلی واپس آگئی سارا شہر پھر اسی طرح جگمگانے لگا میں نے اپنا جائزہ لیا کئی جگہ چوٹ لگی ماتھے سے خون نکل رہا تھا کپڑے پسینے میں شرابور تھے اور میں ایک پرانے مریض کی طرح بس اپنے بستر پر گر جانا چاہتا تھا۔

بجلی گئی اور ایک گھنٹے میں آگئی لیکن یہ ایک گھنٹہ میری زندگی میں ایک انقلاب برپا کر گیا کہ ہم کتنے مصنوعی ماحول میں زندگی گزار رہے ہیں۔۔ دوسرے دن میں نے

محسوس کیا کہ اس صورت حال سے نمٹنے کے لئے ہمارے دفتر میں ایک امرجینسی لایٹ کا ہونا ضروری ہے تاکہ نہ میز سے ٹھوکر لگے نہ دروازے سے سر ٹکرائے۔۔ میں نے ایک کمپنی کو ٹیلیفون کیا اور وہاں سے ایک سیلز مین کیٹلاگ لے کر آگیا اس نے اپنی فنکاری دکھائی اور کہنا شروع کیا۔۔ ہماری کمپنی کی لایٹ بہت پائیدار ہے پانچ سال کی گارنٹی ہے اس کو آپ ایک بار دیوار پر لٹکا کر بجلی کا کنکشن لگا دیجئے اور بس۔۔ جس وقت بھی بجلی بجھے گی یہ جل اٹھے گی۔۔ آپ کو بجلی جانے کا احساس بھی نہیں ہو گا۔ اس کی بیٹریاں اصلی جاپانی ہیں۔۔ چین کی بنی ہوئی نہیں ہیں۔۔ بس سال میں ایک بار اس کی سروس کرا لیا کیجئے۔ کبھی آپ کو اندھیرے سے سابقہ نہیں پڑے گا۔

میں نے سیلز مین کا بیان بہت غور سے سنا اچانک مجھے خیال آیا۔۔ یہ تو ایک گھنٹے کا اندھیرا تھا۔ اور قبر کا اندھیرا۔۔۔ میں نے سنبھل کر سیلز مین سے پوچھا بجلی جاتے ہی آپ کی لایٹ خود بخود روشن ہو جاتی ہے اس نے جواب دیا۔۔ یہ آٹومیٹک ہے میں نے پوچھا اس کی بیٹری کب بدلوانی پڑتی ہے اس نے جواب دیا۔۔ یہی کوی سال دو سال بعد۔۔

میں نے جلدی سے یہ کہہ کر اس کو رخصت کیا کہ جلد ایک امرجینسی لایٹ بھیج دو اور میں فوراً اٹھ کر مسلم یتیم خانے کے دفتر گیا اور تین ہزار روپے جمع کراتے ہوے آہستہ سے کہا۔۔ یہ میری امرجینسی لایٹ کے ہیں۔۔ ہر سال بیٹری کے الگ سے دوں گا۔۔ ناظم صاحب میری بات نہ سمجھ سکے انہوں نے فرمایا میں نے یہ رقم کفالت یتیم کی مد میں جمع کر لی ہے اللہ آپ کا دل منوّر کرے۔۔ میں نے آہستہ سے کہا۔۔ اور قبر بھی۔۔۔

(۱۰) ریشم کی ڈوری

چند لوگ ایک کشتی میں سفر کر رہے تھے دریا بہت چوڑا تھا اور اس میں طغیانی آئی ہوئی تھی رات کے وقت اس کی موجیں ڈراؤنی شکل اختیار کر رہی تھیں اچانک۔ ہوائیں تیز ہو گئیں اور دریا کے اندر طوفانی کیفیت پیدا ہو گئی بوڑھے ملاح نے کشتی کو سنبھالنے کی بہت کوشش کی لیکن دیکھتے دیکھتے کشتی پانی میں الٹ گئی۔ اور اس کے چاروں مسافر پانی میں غوطے کھانے لگے کچھ لوگوں کو تیرنا آتا تھا وہ ادھر ادھر ہاتھ پیر مارنے لگے سب سے نازک معاملہ ماجد کا تھا جس کو تیرنا بالکل نہیں آتا تھا دو چار غوطے کھانے میں ہی موت سامنے نظر آنے لگی۔

اتنے میں کیا دیکھتا ہے کہ ایک موٹر بوٹ تیزی سے دریا کو پار کر رہی ہے کچھ ہی دیر میں وہ موٹر بوٹ اس کے قریب سے گزری اس نے دیکھا موٹر بوٹ سے ایک ریشم کی ڈوری پانی پر لہرا رہی ہے ماجد نے جھپٹ کر اس کو پکڑ لیا اس کو پکڑتے ہی اس کو ایک طرح کا اطمینان حاصل ہو گیا وہ ڈوبنے کے خطرے سے بچ گیا موٹر بوٹ تیزی سے کنارے کی طرف جا رہی تھی ماجد اس کی ڈوری کو مضبوطی سے پکڑے رہا۔

اس نے دیکھا اس کے تیرنے والے ساتھی پانی میں ڈبکیاں لگا رہے ہیں اس نے ان کو آواز دی کہ آگے بڑھ کر اس ڈوری کو پکڑ لو لیکن انہوں نے کہا ہم کو تیرنا آتا ہے ہم اپنی طاقت سے تیر کر پار ہو جائیں گے بلکہ انہوں نے ماجد سے بھی کہا کہ ڈوری چھوڑ دو ہمارے ساتھ آجاؤ لیکن ماجد نے ایک نہ سنی اور ڈوری کو مضبوطی سے پکڑے رہا کچھ دیر بعد موٹر

بوٹ کنارے پر آ لگی اور ماجد صحیح سلم کنارے پر پہنچ گیا تھوڑی دیر بعد اس کو دو ساتھیوں کی لاش پانی پر بہتی نظر آئی اس نے کہا افسوس اگر انہوں نے بھی ریشم کی ڈوری مضبوطی سے پکڑ لی ہوتی تو اس دریائے شور میں ڈوبنے سے بچ جاتے

گھر پہنچ کر جب یہ واقعہ ماجد نے اپنے والد کو سنایا تو انہوں نے کہا بیٹے تم نے بہت اچھا کیا جو مضبوط رسی پکڑ لی اور دریائے شور کو آسانی سے پار کر لیا بیٹے یہ دنیا بھی دریائے شور ہے بس جو شخص اللہ کی رسی کو مضبوطی سے پکڑ لیتا ہے وہ سلامتی سے پار ہو جاتا ہے اور جو اپنی مرضی پر چلنے کی کوشش کرتا ہے وہ ہلاک ہو جاتا ہے۔

(۱۱) نوری۔۔۔

جب میں ایک عزیز کی عیادت کے لئے اسپتال پہونچا تو وہاں انتظار کے کمرے میں ایک صاحب کو دیکھا جو اپنی ایک بچی کو لئے ہوئے بیٹھے تھے بچی کی عمر کوئی چار سال رہی ہوگی گول چہرہ کھلتا ہوا رنگ گھونگریالے بال بڑی بڑی آنکھیں بڑی پیاری بچی تھی میں نے بچی کا نام پوچھا اسکے والد نے اس کا نام نوری بتایا وہ خود ایک ورکشاپ میں میکنک کا کام کرتے ہیں اور اپنی اہلیہ اور نوری کے ساتھ قریب ہی میں رہتے ہیں دو دن پہلے اچانک ان کی اہلیہ کے جسم میں درد ہوا اور سارا جسم اکڑ گیا وہ مثل ایک لکڑی کے تختے کے ہو گئیں۔ دائیں بائیں کسی طرف گردن بھی نہیں موڑ سکتی تھیں فورا ان کو اسپتال میں داخل کیا گیا ڈاکٹروں نے کئی ٹیسٹ بتائے، کئی ہفتے علاج چلے گا۔

میں ان سے ساری بات سن ہی رہا تھا کہ نوری نے آہستہ سے کہا اماں اور اپنے والد کی طرف دیکھنے لگی میں نے دیکھا اس کی بڑی بڑی خوبصورت آنکھوں میں آنسو تیر رہے تھے میرے اوپر اس منظر کا بڑا اثر ہوا میں اٹھا اور قریب کی دکان سے ایک کھلونا اور چاکلیٹ لے کر آیا میں نے پہلے کھلونا اس کی طرف بڑھایا اس نے نگاہ بھر کر کھلونا دیکھا لیکن ہاتھ بڑھا کر نہیں لیا اس نے پھر آہستہ سے کہا اماں اور اپنے والد کی طرف دیکھنے لگی میں اس کے ضبط پر حیران رہ گیا اب میں نے چاکلیٹ کا پیکٹ نکالا اور اس کی طرف بڑھایا نوری نے غور سے چاکلیٹ دیکھی پھر اس نے زور سے کہا اماں اور باپ سے چپٹ کر رونے لگی

میرا دل یہ منظر دیکھ کر تڑپ اٹھا اس معصوم سی تتلی کو کتنا لگاؤ تھا اپنی اماں سے نہ کوی کھلونا اسے اچھا لگا نہ چاکلیٹ اسے اپنی طرف کھینچ سکی میری آنکھوں سے آنسو جاری ہو گئے اور زبان سے یہ الفاظ نکلے کاش مجھے بھی اپنے رب سے اتنی ہی محبت ہوتی جتنی اس معصوم بچی کو اپنی اماں سے ہے میں بچشم نم وہاں سے اٹھ کر چلا آیا رات کو تہجّد کی نماز میں میں نے دعا کی میرے پروردگار نوری کی ماں کو صحت دے کر نوری سے ملا دے اور مجھ کو نوری جیسی اپنی محبت عطا فرما۔ امین۔

(۱۲) پروانے کی موت

برسات کے دن تھے ہر طرف گھٹاٹوپ اندھیرا چھایا ہوا تھا ایک ننھا سا پروانہ جھاڑیوں میں ٹکراتا پھر رہا تھا کہ اچانک دور سے اسے ایک روشنی نظر آئی اور وہ اڑتا ہوا اس کے قریب پہونچا اس نے دیکھا ایک مکان کے اندر ایک خوبصورت سے چاندی کے شمعدان میں ایک شمع جل رہی ہے پاس ہی ایک ننھی سی بچی بیٹھی ہوئی ایک نظم پڑھ رہی ہے۔

لب پہ آتی ہے دوابن کے تمنّا میری
زندگی شمع کی صورت ہو خدایا میری

دور دنیا کا میرے دم سے اندھیرا ہو جائے
ہر طرف میرے چمکنے سے اجالا ہو جائے

ننھا سا پتنگا اس دعا سے بہت متاثر ہوا اور اس نے لمبی سی آمین کہی پروانہ سیدھا شمع کے پاس گیا اور اس سے کہا تھوڑی سی روشنی مجھے دے دو میں بھی اس ظلمت کدے میں نور کی کرنیں پھیلاؤں گا۔

طویل قامت شمع نے پروانے سے پوچھا تم کو معلوم ہے یہ روشنی مجھ کو کہاں سے ملی ہے یہ نور خداوندی ہے جو مجھ کو عطا ہوا ہے۔ میں دنیا کو روشنی دینے کے لئے خود کو جلا کر راکھ کر دیتی ہوں میری عمر ایک رات سے زیادہ نہیں لیکن اس ایک رات میں ہی میں وہ خِدمَت انجام دیتی ہوں کہ لوگ مجھ سے محبت کرتے ہیں اور اپنی ہر مجلس میں مجھے جگہ دیتے ہیں

مُنے سے پتنگے نے کہا میں بھی تمہاری طرح روشنی پھیلاؤں گا اور اندھیرے کی چادر پھر دوں گا۔

شمع نے محبت بھرے انداز میں کہا میرے پیارے پروانے میں تمہارے جذبے کی قدر کرتی ہوں لیکن تم یہ خیال اپنے دل سے نکال دو۔

پروانے نے جواب دیا میں اپنی زندگی کو کامیاب بنانا چاہتا ہوں میں چھوٹا ضرور ہوں لیکن عزم بلند رکھتا ہوں میں اندھیرے کے خلاف جہاد کروں گا روشنی پھیلا کر رہوں گا۔

پروانے نے یہ کہا اور دیوانہ وار شمع کا طواف کرنے لگا۔

شمع حیرت سے اسے دیکھنے لگی اس کا دل دھڑکنے لگا سات چکر پورے کرنے کے بعد وہ اچانک شمع کی لو کی طرف بڑھا اور نہایت بہادری کے ساتھ اس کے اندر داخل ہو گیا۔

ایک دم ایک چھوٹا سا شعلہ اٹھا اور پروانہ جل کر شمع کے قدموں میں گر گیا۔

شمع کی آنکھ سے دو موٹے موٹے آنسو نکلے اور پروانے پر آگرے شمع نے جھک کر پروانے کو دیکھا اس کا سارا جسم جل کر خاک ہو گیا تھا لیکن اس کے ہونٹ حل رہے تھے۔ وہ کہہ رہا تھا میں کامیاب ہو گیا میں نے روشنی پھیلانے کی کوشش میں شہادت حاصل کی۔ شمع تم گواہ رہنا شمع تم گواہ رہنا۔

پروانے کی آواز بند ہو گئی لیکن اس کے ہونٹوں پر مسکراہٹ باقی تھی۔ شمع کا کلیجہ پھٹ گیا وہ زار و قطار رونے لگی میرے پیارے پروانے میں تم کو کبھی نہیں بھولوں گی۔ تم نے ایک نیک کام کا قصد کیا اور اپنا عزم پورا کر دکھایا۔

شمع روتی رہی روتی رہی اور آج تک پروانے کی یاد میں آنسو بہاتی ہے اور کہتی ہے۔۔۔

کر گیا نام وفا پروانہ

اپنی لو میں تو سبھی جلتے ہیں

شمع کی لو میں جلا پروانہ

(۱۳) میاں فضلو کی نوکری

یہ جب کی بات ہے جب میاں فضلو جوتیاں چٹخاتے پھرتے تھے اور کوی بات بھی نہیں پوچھتا تھا اچانک ایک دن میرے پاس آئے۔ عمدہ سلکن شیر وانی لٹھے کا پاجامہ سیاہ بوٹ سر پر سنہری کلاہ کا طرّہ چمک رہا تھا میں نے انجان بن کر پوچھا۔ آپ کا تعارف۔۔۔ فرمانے لگے فضل محمد خان مصاحب نواب جام نگر۔۔۔

میں نے پلٹ کر کھا یہ دھونس کسی اور پر جمانا مجھے تو سیدھی بات بتاؤ یہ تم دھوڑی کی جوتی سے کانپوری بوٹ تک کیسے پہنچے۔۔۔ میاں فضلو فورا اپنی اوقات پر اتر آئے اور میرے پاس کھسک کر کان میں کہنے لگے۔

مجھے نواب صاحب کے یہاں حاضری مل گئی ہے۔۔ اب تو ہم بھی سنبھل کر بیٹھ گئے اور ان سے کارگزاری سننے لگے۔

انہوں نے کہنا شروع کیا۔۔ ہوا یوں کہ ایک صاحب ہم کو نواب صاحب کے دربار لے گیے۔۔ آپ کو معلوم ہے یہ ساری ریاست ان کی ہے۔ بڑے رتبے والے ہیں عجیب بات ہے بہت محبت سے ملے اپنے قریب بلایا اور کہا کبھی کسی بات کی فکر مت کرنا کوی بات بھی پریشانی کی ہو فورا مجھے بتا دینا میں تمھاری مدد کروں گا انہوں نے مجھے اپنا فون نمبر بھی دے دیا۔

میں نے بے چینی سے پوچھا۔ آگے کیا ہوا۔ کیا کام دیا تم کو۔

کام کچھ بھی نہیں۔ بس یہ کہا صبح شام سلام کے لیے آجایا کرو کھانا تم کو شاہی دستر خوان سے ملتا رہے گا۔ ہماری ریاست میں جو لوگ ہم سے واقف نہیں ان کو ہمارے بارے میں بتاتے رہنا۔ کوئی برائی کرے اس کو سمجھانا کوئی اچھے کام کرے ہم سے ملاقات کرنا چاہے اس کو ہمارے پاس لے آنا اور ہاں یہ تمھاری شاہی وردی ہے اس کو پہنا کرو لوگ تمھاری عزت کریں گے۔

میاں فضلو یہ بیان کر رہے تھے کہ ان کی نظر ہمارے چہرے پر پڑی اور وہ اچھل کر بولے۔

ارے آپ رو رہے ہیں یہ آنسو کس بات کے۔ یہ تو خوشی کی بات ہے۔

میں نے اپنے آنسو پونچھتے ہوئے کہا۔ میاں فضلو میں اپنی بد نصیبی پر رو رہا ہوں میں بھی ایک نواب کا نوکر ہوں بلکہ وہ تو نوابوں کا نواب ہے یہ ساری ریاست اسی کی ہے بڑی طاقت والا ہے وہ بھی مجھ سے محبّت کرتا ہے اس نے بھی مجھ سے کہا گھبرانا مت جب کوی بات ہو مجھ کو پکار لینا میں فوراً تمھاری مدد کروں گا۔ اس نے بھی مجھ سے کہا بس دن میں چند بار سلام کے لئے آجایا کرو جو لوگ میری ذات کو نہیں جانتے ان کو میرے بارے میں بتایا کرو۔ جو برائی کرے اس کو روکو جو بھلائی کرے اس کی مدد کرو جو مجھ سے ملنا چاہے اسے میرے دربار میں لے او اور سنو اپنے کھانے پینے کی فکر مت کرنا ہمارے شاہی دستر خوان سے روزانہ تمھیں توشہ پہنچتا رہے گا۔ اور ہاں یہ تمھاری وردی ہے اسکو پہنا کرو لوگ تمھاری عزت کریں گے۔

میاں فضلو چونک کر بولے۔ پھر آپ نے کیا کیا؟

میں نے روتے ہوئے جواب دیا۔ میں نے کچھ بھی نہیں کیا۔ نہ وردی پہنی۔ نہ سلام کو گیا۔ نہ کسی کو اس کے بارے میں بتایا۔۔۔۔ بس روز اسکے یہاں سے توشہ آتا ہے وہ میں کھا لیتا ہوں۔

وہ بولے جو ملازم مالک کا کچھ کام نہیں کرتے مفت کا مال کھاتے ہیں تنخواہیں لیتے ہیں لوگ ان کو نمک حرام کہتے ہیں۔

میں نے کہا۔ فضلو تم سچ کہتے ہو۔

(۱۴) چاند تارا

شادی کے دو سال بعد جب اللہ تعالیٰ نے ہلال کو بیٹا دیا تو اس نے اس کا نام چاند رکھا۔ پھر دو سال بعد ایک بیٹی ہوئی۔ اس کا نام تارہ تجویز ہوا۔ بس اب کیا تھا سارے گھر مین بہار آ گئی ہر طرف چاند تارہ کا شور تھا، ہر وقت ان کی پیاری پیاری باتیں تھیں۔

ہلال کے محلے سے کئی نوجوان لڑکے لڑکیاں انجینئر بن بن کر کر امریکہ جا رہے تھے۔ غریب ماں باپ نے ادھار قرض کر کے ان کو اچھی تعلیم دلائی لیکن وہ سب غیروں کے کام آئی۔ ڈالروں کی چمک نے سب کی آنکھوں کو خیرہ کر دیا تھا ہلال کے دل میں بھی یہی خیال پیدا ہوا وہ اپنے بچوں کو اچھی تعلیم دلا کر امریکہ بھیجے گا۔ بس پھر کیا تھا۔ اس کے سر پر امریکہ کی دھن سوار ہو گئی۔ اس نے دونوں بچوں کو مشنری اسکول میں داخل کیا انگریزی بولنا سکھائی انگریزی لباس انگریزی کھانا انگریزی اسٹائل سکھایا۔ دونوں اسکول کالج میں جولی اور لَولی کہلانے لگے۔ بی ایس کی ڈگری مکمل کرتے ہی ہلال نے دونوں کے لئے امریکہ کا پروگرام بنایا لڑکی کو رشتہ مل گیا وہ کینیڈا چلی گئی۔ چاند نے بھی امریکہ جا کر ایک یہودی بیوہ سے شادی کر لی اور وہیں کی نیشنلٹی لے لی۔ دونوں گھروں میں ڈالروں کی ریل پیل ہو گئی۔ مغربی طرز زندگی اس قدر اپنایا کہ مشرقی انداز بالکل بھول گئے۔ بچوں کے نام بھی گڈو ببلو ہو گئے۔ یہ بھی یاد نہیں رہا کہ ہمارے یہاں احمد اور عائشہ نام ہوا کرتے تھے۔ چاند اور تارہ دونوں اپنی اساس اور بنیاد کو بھلا بیٹھے۔

ہلال اور اس کی بیوی اختری دونوں اپنے اسی پرانے مکان میں رہتے تھے پڑوس میں محبوب حسین پتنگ باز کا مکان تھا۔ جس میں ان کے پوتا پوتی اور نواسہ نواسی کے کھیل کود کی بہار رہتی تھی وہ غریب تھے لیکن خوش تھے۔ ہلال امیر تھا اس کے پاس بچوں کے بھیجے ہوئے ڈالر تھے لیکن وہ خوش نہیں تھا۔ اس کے گھر میں ہمیشہ ویرانی چھائی رہتی تھی۔ ایک دن عصر کی نماز کے بعد جب وہ قرآن شریف پڑھ رہا تھا تو اچانک اس کی آنکھ اس آیت پر جم گئی (بل توثرون الحیاۃ الدینا والآخرۃ خیر وابقیٰ۔ وَالْآخِرَۃُ خَیْرٌ وَّ اَبْقٰی) بلکہ تم (اللہ کی طرف رجوع کرنے کی بجائے) دنیاوی زندگی (کی لذتوں) کو اختیار کرتے ہو۔ حالانکہ آخرت (کی لذت و راحت) بہتر اور ہمیشہ باقی رہنے والی ہے) وہ آخرت کے لفظ پر چونک پڑا۔ اس نے تو کبھی آخرت کے بارے میں سوچا ہی نہیں تھا۔ وہ تو بس دنیا کی زندگی بنانے کی دھن میں لگا ہوا تھا۔ یہی کچھ اس نے اپنے دونوں بچوں کو سکھایا تھا۔ وہ سوچتا رہا اس کے دل کو گھبراہٹ نے گھیر لیا وہ گھر سے باہر ٹہلنے چلا گیا۔

باہر بہت سے لوگ پتنگ اڑا رہے تھے شام کے نیلگوں آسماں پر ہرے رنگ کی ایک پتنگ جس پر چاند تارہ بنا ہوا تھا خوب لہرا رہی تھی کبھی شرق میں اڑتی کبھی غرب کی طرف جاتی۔ کبھی گہرا غوطہ لگا کر پھر چاند کی طرح بادلوں کے بیچ سے نکل آتی۔ عجیب بہار دکھا رہی تھی۔ اچانک آسمان پر ایک دوسری پتنگ ظاہر ہوئی جس پر کالا ناگ بنا ہوا تھا اونچی اڑان لیکر وہ چاند تارہ سے ٹکرائی لیکن چاند تارہ کنی کاٹ کر نکل گئی دونوں میں تھوڑی دیر داؤ پیچ ہوتے رہے۔ کبھی یہ اوپر کبھی وہ اوپر۔ اچانک ایک جھٹکے کے ساتھ چاند تارہ والی پتنگ کٹ گئی جو ابھی آسماں پر دمک رہی تھی۔ چرخی سے ڈور ٹوٹتے ہی ہوا کے جھونکوں سے ٹکراتی ہوئی نیچے گرنے لگی۔ ہر طرف ایک شور اٹھا پتنگ لوٹنے والے اپنے بانس اور جھاڑو لے کر گرتی ہوئی پتنگ کی طرف دوڑ پڑے۔ لوگ کہہ رہے تھے چاند تارہ مشکل

سے ملتی ہے۔ زمین کے قریب آتے ہی پتنگ لوٹنے والوں نے اسے بانسوں پر اٹھالیا بہت سے لوگ جھپٹ پڑے۔ چاند تارہ ٹکڑے ٹکڑے ہو گئی۔ کانپ کہیں گئی اڈہ کہیں گیا، چاند کہیں گیا تارہ کہیں۔ ذراسی دیر میں ہرے رنگ کی پتنگ کے پر اخچے اڑ گئے۔

ہلال یہ منظر دیکھ کر کانپ اٹھا۔ پاس میں محبوب حسین کٹی ہوئی پتنگ کی چرخی لئے ہوئے کھڑے تھے۔ اس نے ڈوبی ہوئی آواز سے پوچھا محبوب یہ کیا ہوا؟۔ محبوب حسین بولے "یہ تو ہونا ہی تھا۔ پتنگ کی طاقت چرخی سے بندھے رہنے میں ہوتی ہے۔ جب پتنگ بہت اونچی ہو کر اپنی ڈور چرخی سے توڑ لیتی ہے تو ٹوٹی ہوئی شاخ کی طرح زمین پر آ گرتی ہے اور پھر زمین والے مفت کا مال سمجھ کر اس کو لوٹتے ہیں۔ اس چھینا جھپٹی میں اس کے ٹکڑے ٹکڑے ہو جاتے ہیں۔ چاند کہیں تارہ کہیں کانپ کہیں اڈا کہیں۔

ہلال نے محبوب حسین کے منہ پر ہاتھ رکھ دیا۔ بس محبوب بس۔ میری بھی چرخی سے ڈور ٹوٹ گئی ہے۔ اللہ میرے چاند تارہ کی حفاظت فرمائے۔

(۱۵) ریاکاری کا انعام

جب ایک وزیر صاحب کا انتقال ہوا تو وہ بہت مطمئن تھے کہ ان کی بخشش ضرور ہو جائے گی۔ ابھی پچھلے ہفتہ ہی ایک صحافی نے (جو ان کا وظیفہ خوار تھا) ان کی ایک فوٹو البم تیار کی تھی جس میں ان کو پچاس سے زیادہ مشروعات کا افتتاح کرتے ہوئے دکھایا گیا تھا۔ جس میں بہت سے مدرسہ ، بہت سے اسکول اور بہت سے خیراتی ادارے شامل تھے۔ ہر جگہ ان کا نام پتھر پر کھود کر لگایا گیا تھا۔ ہر جگہ ان کی شان میں قصیدے پڑھے گئے اخباروں میں خبریں چھپیں اور خوب واہ واہ ہوئی تھی۔<جب وہ قبر میں اترے تو دیکھا کہ ان کے اعمال ایک بڑی ترازو میں تولے جارہے ہیں۔ اخباروں اور اشتہاروں کا ڈھیر ہے وہ سب کے سب ترازو کے پلڑے میں بھر دیئے گئے۔ اتنے میں اعلان ہوا کہ جن جن کاموں کے اخبار اور اشتہار چھپے ہیں ان کا معاوضہ دنیا میں ہی دے دیا گیا۔ لوگوں سے خوب واہ واہ کرادی گئی یہ اعلان سنتے ہی ایک فرشتے نے ایک پھونک ماری اور کاغذوں کا سارا ڈھیر ہوا میں اڑ گیا۔ ان کا پلڑا ہلکا ہو کر آسمان سے جالگا۔ وزیر صاحب ایک دم رونے لگے ان کے وہم و گمان میں بھی نہیں تھا کہ دنیا کی یہ واہ واہ ان کے سارے اعمال کو ضائع کر دے گی اب ان کے پاس چند اسکولوں کا افتتاح رہ گیا تھا اس کے بارے میں اعلان ہوا کہ جن اداروں کے افتتاحی کتبوں پر ان کا نام پتھروں پر کھدا ہوا ہے (یعنی جن کی واہ واہ مرنے کے بعد بھی جاری کی گئی ہے) وہ سارے ادارے ان کے نام سے نکال دیئے جائیں۔ اس اعلان پر تو وزیر صاحب دھاڑیں مار مار کر رونے لگے کیونکہ کوئی مدرسہ کوئی

اسکول ایسا نہ تھا جس پر اپنے نام کا پتھر لگوانے کی انہوں نے پہلے سے تصدیق نہ کر لی ہو۔ وہ تمنا کرنے لگے کاش کوئی شخص جا کر ان تمام کتبوں کو توڑ دیتا جس پر ان کا نام کندہ تھا۔ لیکن افسوس کوئی ان کی فریاد سننے والا نہ تھا۔ اب انہوں نے اپنے اعمال کے پلڑے کو دیکھا وہ بالکل خالی پڑا تھا ان کا سارا بھرم ٹوٹ گیا۔ دنیا میں وہ بڑے مخیر مانے جاتے تھے انہوں نے بڑے بڑے کام کئے لیکن شہرت کی چاٹ نے انکے سارے اعمال کو دیمک کی طرح چاٹ لیا۔ وہ رو روکر عرش الٰہی کی طرف دیکھنے لگے اور رحم کی بھیک مانگنے لگے۔ اتنے میں ایک فرشتہ ایک چھوٹی سی ڈبیہ لے کر آیا اور اس کو ان کے اعمال کے پلڑے میں رکھ دیا۔ اچانک وہ پلڑا نیچے کی طرف آگیا وہ حیرت سے اس ڈبیہ کو دیکھنے لگے کھول کر دیکھا تو یاد آیا کہ ایک دن سردیوں کی رات میں جب وہ گھر واپس آرہے تھے تو دیکھا کہ مسجد کی نالی کا پانی راستہ میں بہہ رہا ہے۔ نالی بند ہے۔ انہوں نے چاہا کہ اس کو کھول دیں لیکن کوئی ڈنڈا یا لکڑی نہیں ملی تو انہوں نے اپنا ہاتھ گندی نالی میں ڈال کر کوڑا نکال دیا۔ نالی صاف ہو گئی پانی بہنے لگا۔ سڑک بھی صاف ہو گئی گھر آ کر انہوں نے اپنا ہاتھ صابن سے دھو لیا اس عمل کو سوائے خدا کے اور کوئی نہیں جانتا تھا۔ بس قادر مطلق نے اسی پر ان کی بخشش فرما دی۔

* * *